Mirjam Pressler · Gitte Spee

Jessi und die Tante Dorothea

Dieses Buch gehört:

____

Mirjam Pressler

Jessi und die Tante Dorothea

Mit Bildern von
Gitte Spee

Ravensburger Buchverlag

Die Deutsche Bibliothek – CIP-Einheitsaufnahme

Pressler, Mirjam:
Jessi und die Tante Dorothea / Mirjam Pressler.
Mit Bildern von Gitte Spee. –
Ravensburg: Ravensburger Buchverl., 1995
(Ravensburger blauer Rabe)
ISBN 3-473-34039-1

Gedruckt auf Papier aus chlorfrei gebleichtem
Zellstoff ohne optische Aufheller

3 2 1 95 96 97

Ravensburger Blauer Rabe

Umschlagkonzeption: Rotraut Susanne Berner
Umschlagbild: Gitte Spee
Redaktion: Karin Schreiner
Gesamtherstellung: Mohndruck, Gütersloh
Printed in Germany
ISBN 3-473-34039-1

„Aber ihre Geschenke sind dir ganz recht zu Weihnachten und zum Geburtstag“, sagt Mama.
Jessi zuckt mit den Schultern und zieht sich eine Salzstange aus der Packung. Jch hätte gleich mißtrauisch werden müssen, denkt sie. Salzstangen und Chips und Cola auf dem Tisch, einfach so. An einem gewöhnlichen Donnerstag.
„Jessi, sei doch vernünftig“, bittet Papa. „Du stellst dich an wie ein kleines Kind.“
Jessi wirft Achimbruder einen wütenden Blick zu. „Sag doch auch mal was. Du willst doch auch nicht, daß sie kommt.“
Achimbruder nimmt sich eine Handvoll Chips und bröselt mit düsterem Blick vor sich hin. Nach einer Weile sagt er: „Jhr könntet doch in zwei Tagen wieder

da sein. Und zwei Tage könnten wir allein bleiben, Jessi und ich. Wenn du uns was vorkochst. Oder wenn ihr uns Geld für Pommes dalaßt."
Mama bekommt einen dünnen Mund. Aber sie sagt nicht, daß Achimbruder immer nur an Essen denkt. Sie sagt: „Jn zwei Tagen ist es nicht zu machen. Oma und Opa sind alt, wir müssen ihnen beim Packen helfen. Für sechs Wochen Kur brauchen sie eine Menge Zeug. Und außerdem dauert die Fahrt allein drei Tage."
„Kann wirklich niemand anders fahren?" fragt Achimbruder.
„Jch bin die einzige Tochter", sagt Mama hilflos.
„Die Bundesbahn", sagt Jessi. „Fahr sicher mit der Bundesbahn. Die neuen, bequemen ICE-Züge. Die donnern

superschnell von hier nach dort und haben einen Speisewagen. Und außerdem gibt es Seniorenkarten und ..."

„Jessi, jetzt hör endlich auf. Oma und Opa brauchen für diese sechs Wochen zuviel Gepäck. Mehr als sie tragen können. Und Hansi Piepmatz wollen sie samt Käfig auch mitnehmen. Wie sollen sie das denn schaffen?"

Jessi versinkt in dumpfes Brüten.
„Jessi“, sagt ihre Mutter, „so schlimm ist Tante Dorothea doch wirklich nicht.“
Und ob, denkt Jessi. Wenn Tante Dorothea da ist, bin ich hier nicht mehr daheim. Weil sie den ganzen Tag putzt und aufräumt und ich meine eigenen Sachen nicht mehr finde.
„Sie räumt ständig auf“, sagt Achimbruder. „Und sie meckert. Alles, was wir machen, ist falsch.“
„Stimmt“, sagt Jessi. „Wir müssen dauernd brave Kinder sein.“
„Und höflich und wohlerzogen“, sagt Achimbruder.
„Wir müssen mit Messer und Gabel essen“, sagt Jessi. „Sogar Käsebrot.“
„Und sie kontrolliert, ob wir uns die Hände gewaschen haben“, sagt Achimbruder.

„Und wehe, man sagt nicht dauernd bitte und danke“, sagt Jessi.
Jhr Vater haut mit der flachen Hand auf den Tisch. „Na und?“ sagt er. „Das alles haben wir auch tun müssen als Kinder, Tante Dorothea und ich. Was ist da schon dabei? Sie kommt und paßt auf euch auf, und damit basta.“ Wieder haut er auf den Tisch.
„Hör auf, den Mann zu machen“, sagt Jessis Mutter. „Das hilft nie was.“ Sie dreht sich zu Jessi und Achimbruder um. „Tante Dorothea weiß manchmal nicht, wie man mit Kindern umgeht. Weil sie selbst keine hat. Das müßt ihr verstehen.“
„Und was ist mit Onkel Jossi?“ fragt Jessi hoffnungsvoll. „Der braucht auch Tante Dorothea. Wer soll für ihn kochen?“
„Onkel Jossi schafft das ganz gut alleine für ein paar Tage“, sagt ihre Mutter.

Jessi zuckt mit den Schultern. „Vielleicht ist er ja froh, wenn er sie mal ein paar Tage los ist“, sagt sie.
Jetzt haut ihre Mutter auf den Tisch. Aber leiser als der Vater vorher. Trotzdem zuckt Jessi zusammen. Oder vielleicht gerade deshalb. „Jessi, jetzt ist aber Schluß. Die ganze Diskussion ist überflüssig. Für die Katz! Jhr habt keine Wahl. Hört jetzt endlich auf, Theater zu machen. Tante Dorothea kommt am Sonntag. Und damit basta.“ Das ist endgültig. Jessi und Achimbruder wissen, daß nichts mehr zu machen ist. Sie maulen anstandshalber noch ein bißchen, und Jessi macht ein beleidigtes Gesicht.
„Wie lange bleibt ihr weg?“ fragt Achimbruder. Das ist ein Friedensangebot.
„Vier oder fünf Tage, vielleicht auch sechs“, sagt Mama. „Danke, Achim.“

CHIPS
cola
Cola

Bis Sonntag hat Jessi noch Zeit, um sich daran zu gewöhnen. Erst am Sonntag wird Tante Dorothea kommen. Am Freitag denkt Jessi gar nicht daran. Jedenfalls tagsüber nicht. Sie holt nämlich ihre beste Freundin Ziska ab.

Dann gehen sie zu ihrer zweitbesten Freundin Serpil und zusammen zu Serpils bestem Freund Manuel. Weil der Geburtstag hat. Sie spielen den ganzen Nachmittag Spiele und essen Schokoladenmäuse und Schokoladenhühner und Schokoladenkäfer und Schokoladeneier.

Abends im Bett sagt Jessi: „Mir ist ganz schlecht von soviel Schokolade. Nie wieder rühre ich das braune Zeug an.“

„Halt den Mund“, sagt Achimbruder giftig. Jessi schlägt sich an die Stirn. Sie springt aus dem Bett, flitzt in den Flur, holt etwas aus ihrer Anoraktasche, rennt zurück und streckt Achimbruder die Hand hin. „Hier, für dich.“ Es ist ein Schokoladenkäfer. Ein Marienkäfer. Rot mit schwarzen Punkten.

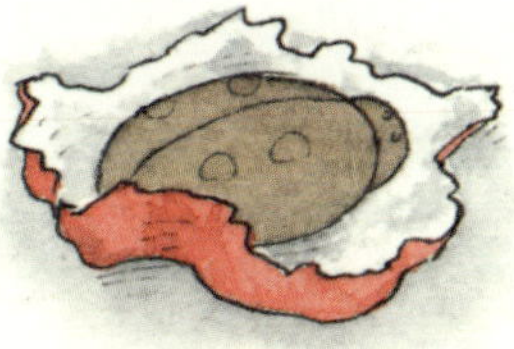

Achimbruder wickelt ihn aus und steckt ihn in den Mund. „Jch habe heute im Park am Komposthaufen einen Käfer gesehen“, erzählt er. „Mit einem ganz breiten Rücken. Am schönsten ist seine Farbe. Glänzend goldgrün. Ein Metallic-Auto ist ein Dreck dagegen. Und was für lange, dünne Fühler er hat! Richtig süß!“ Achimbruder schmatzt.

„Pfui Teufel!“ sagt Jessi. „Was glaubst du, was sie uns mitbringt?“
„Wer?“ fragt Achimbruder.
Jessi stöhnt. „Tante Dorothea natürlich. Jch glaube, Schokolade macht dich dumm.“
„Nicht dumm“, sagt Achimbruder, „sondern sanft und friedfertig. Absolut friedfertig.“ Er schmatzt noch ein letztes Mal, dann ist der Schokokäfer weg.
Achimbruder dreht sich auf die Seite und macht die Nachttischlampe aus. „Mir bringt sie vielleicht ein Buch über Käfer mit“, sagt er. „Mama hat mich heute ganz unauffällig gefragt, was ich mir eigentlich wünsche. Grundsätzlich. Falls sich zufällig mal jemand danach erkundigt. Und da habe ich gesagt: ein Buch über Käfer. Aber ein richtiges. Keines für kleine Kinder.“

Jessi schreit so laut, daß Achimbruder schnell wieder das Licht anmacht. „Was ist denn los?“ fragt er.
Jessi hockt senkrecht im Bett. Mit aufgerissenen Augen. „Mich hat sie auch gefragt“, flüstert sie. „Und weißt du, was ich gesagt habe? Roller Skates!“

„Reg dich nicht so auf“, sagt Achimbruder. „Vielleicht wollen uns Oma und Opa ja was mitbringen. Vielleicht hat Mama gar nicht wegen Tante Dorothea gefragt.“

Am Samstag denkt Jessi dauernd an Roller Skates. Nachmittags geht sie nämlich mit Ziska in den Park zu dem Platz mit dem Engelsbrunnen. Dort fahren die Großen mit Roller Skates und Skateboards. Was heißt da fahren!
Sie sausen, sie flitzen, sie springen, sie hüpfen, sie tänzeln, sie schwänzeln, sie schweben und fliegen, sie ... Patsch!
Da knallt eine auf die Nase! Jessi erschrickt. Aber das Mädchen steht auf und fährt weiter. Eine Schwarzhaarige kann es besonders gut. Sie saust mit ausgebreiteten Armen am Rosenbeet vorbei. Dann fährt sie einen eleganten Bogen. Hebt ein Bein. Schmeißt die Arme in die Luft. Wirbelt herum. Jessi wird es schon vom Zuschauen schwindlig.

Und dann ist Sonntag. Beim Aufwachen denkt Jessi nicht sofort an Roller Skates. Sie denkt nur daran, daß ihre Mutter und ihr Vater heute wegfahren. Und sie allein zurücklassen. Verwaist und einsam.
„Stell dich nicht so an", sagt Achimbruder. „Verwaist und einsam! Du spinnst. Schließlich bin ich auch noch da!"
Da kriecht Jessi schnell noch mal zu ihm unter die Decke. Er legt den Arm um sie.
„Wir lassen uns nichts gefallen", sagt er. „Zusammen sind wir stark, Jessischwester. Tante Dorothea soll nur kommen!"
Und sie kommt. Um 13 Uhr 28 steigt sie aus dem Zug. Mit zwei Koffern. Jhr Gesicht mit der langen Nase, den kleinen Augen und der scharfen Nasenwurzelfalte sieht aus wie immer. Papa nimmt die Koffer. Als sie aus dem Bahnhofsgebäude kommen, regnet es.

Tante Dorothea stößt einen Schrei aus und greift erschrocken an ihren Kopf. „O Gott, meine Haare“, ruft sie. „Dabei war ich gestern beim Frisör. Habt ihr keinen Schirm dabei?“

„Das Auto steht gleich da drüben“, sagt Papa nervös. „Es sind nur ein paar Schritte.“

Tante Dorothea kneift die Lippen zusammen und läuft hinter Papa her in den Regen.

Zwei Stunden später sind Mama und Papa weg.
„Wollt ihr nicht endlich wissen, was ich euch mitgebracht habe?“ fragt Tante Dorothea. Sie geht zum Schlafzimmer und macht einen Koffer auf. Den großen grauen. „Brave Kinder kriegen immer ein Geschenk. Und ihr seid doch brav, oder?“ Das klingt ziemlich beschwörend.
Jessi und Achimbruder stehen in der Tür und nicken.
Dann halten die braven Kinder ihre Geschenke in der Hand. Achim ein Buch über Käfer, mit Hunderten von bunten Bildern. Und Jessi Roller Skates. Blau und türkis. Mit roten Rollen.

4

Tante Dorothea fängt nicht gleich am ersten Tag mit Putzen an.
Sie macht Abendessen. Es gibt richtiges Essen, nicht nur Brot mit Käse und Salat. Tante Dorothea backt Kartoffelpuffer. Neben der Pfanne steht ein Topf mit drei geschälten und geschnittenen Äpfeln für das Apfelmus.
Jessi sitzt am Tisch. Sie hat ihren Zeichenblock vor sich liegen und malt drei Mädchen auf Roller Skates. Sie fahren um den Engelsbrunnen herum. Aber das ist gar nicht so einfach zu malen. Jmmer wieder radiert Jessi das erhobene Bein der Schwarzhaarigen weg. Bei der hat es so elegant ausgesehen. So schwungvoll. Auf Jessis Bild sieht die Bewegung steif aus. Und wenn Jessi dem

erhobenen Bein mehr Schwung geben will, sieht es aus wie …

„Wie ein Korkenzieher um eine Bohnenstange“, sagt Achimbruder. „Oder wie ein Ringelschwanz um einen Zahnstocher. Oder …“

„Halt den Mund!“ sagt Jessi. „Jch habe dich nicht um deine Meinung gefragt. Oder ich sage, wie dein Bein aussehen würde, wenn du es hebst.“

„Warum sollte ich das tun?“ sagt Achimbruder. „Bin ich etwa so blöd wie gewisse Mädchen?“

Tante Dorothea kippt einen Löffel geriebene Kartoffeln in die Pfanne. Das Fett brutzelt. „Auf der Stelle ist jetzt Schluß mit dem Gezanke!“ sagt sie streng. „Brave Kinder sind freundlich zueinander und streiten sich nicht dauernd.“

Jessi ist es egal, was brave Kinder tun. Doch sie hält den Mund. Sie malt nämlich gerade der Schwarzhaarigen blau-türkisfarbene Schuhe mit roten Rollen. Das Problem mit dem erhobenen Bein hat sie gelöst. Sie hat der Schwarzhaarigen einfach einen langen, weiten Rock angezogen. Da sieht man das erhobene Bein nicht. Man muß nicht alles können, denkt Jessi zufrieden. Man muß sich nur zu helfen wissen.
Achimbruder blättert eine Seite seines Buches um. Da stößt er plötzlich einen lauten Schrei aus. „Hier! Guckt mal! Das ist er!"
„Wer?" fragen Jessi und Tante Dorothea fast gleichzeitig.
„Der Käfer, den ich vorgestern im Park gesehen habe. Der knackige Metallic-Käfer!" Achimbruder tippt mit der Finger-

spitze auf ein Foto. „Da ist er. Er heißt Großer Puppenräuber."
Jessi kichert. „Was für ein Name! Der arme Käfer kann einem leid tun."
„Wieso?" sagt Achimbruder. „Das ist sogar ein besonders schöner Name. Und so passend. Er lebt nämlich von Schmetterlingspuppen. Steht hier im Buch."
Tante Dorothea nimmt wortlos Jessis Block und die Stifte und legt sie auf den Schrank. Dann greift sie nach Achims Buch. Achimbruder klappt es schnell zu und schiebt es unter seinen Po. Tante Dorothea stellt Teller, eine Platte voller Kartoffelpuffer und die Schüssel mit dem Apfelmus auf den Tisch. Dann setzt sie sich auch.
„Guten Appetit", sagt sie und greift nach Messer und Gabel. Das Apfelmus duftet nach Zimt.

Eine Weile essen sie schweigend. „Großer Puppenräuber“, sagt Jessi plötzlich. „Wenn du ein Käfer wärst, Achim, müßtest du Dicker Puffermampfer heißen.“ Achim tritt unter dem Tisch nach Jessis Schienbein. Aber er trifft Tante Dorothea. Sie sitzt nämlich zwischen ihnen. „Achim!“ sagt Tante Dorothea böse. „Jetzt reicht's aber! Brave Kinder ...“ „... streiten sich nicht dauernd“, sagt Jessi schnell.

Wieder schweigen sie. Tante Dorotheas Nasenfaltenwurzel ist noch länger und tiefer geworden. Und ihre Mundwinkel ziehen sich nach unten.
„Wenn du ein Käfer wärst“, sagt Achim leise und mit sanfter Stimme zu Jessi, „müßtest du Rotschopfiger Großklappenspinner heißen.“
Jessi holt unter dem Tisch aus und tritt nach Achims Schienbein. Aber auch sie trifft Tante Dorothea. Die sitzt einfach im Weg.
Tante Dorothea schreit wütend auf und haut mit der Hand auf den Tisch.
Wie Papa, denkt Jessi. Vielleicht haben sie das als Kinder gelernt. Tante Dorothea und Papa sind schließlich Geschwister.
Jessi und Achim senken die Köpfe über ihre Teller. Die Kartoffelpuffer schmecken nicht mehr so gut.

Da hören sie plötzlich ein seltsames Geräusch. Wie ein unterdrücktes Kichern. Sie schielen vorsichtig zu ihrer Tante hinüber. Die kichert jetzt richtig.
„Rotschopfiger Großklappenspinner! Hihihi. Wißt ihr, was? Wenn Onkel Jossi ein Käfer wäre, müßte er Schnaufender Dickbauchjogger heißen."
Achim und Jessi werfen sich einen Blick zu. Dann lachen sie auch. Und die Kartoffelpuffer schmecken wieder prima.

Am Montag regnet es. Jessi steht nach dem Aufstehen am Zimmerfenster und schaut hinauf zu den grauen Wolken. Die sind wirklich sehr schwer und sehr dunkel. Fast schwarz. Von diesem Tag ist nichts zu erwarten. Vielleicht sollte ich einfach wieder ins Bett gehen und den ganzen Tag verschlafen, überlegt Jessi. Aber das geht nicht. Tante Dorothea erscheint drohend in der Tür und sagt nur ein Wort: „Badezimmer!“
Jessi fügt sich. Was soll sie sonst auch tun? Nach dem Frühstück packt sie heimlich ihre Roller Skates in den Turnbeutel. Tante Dorothea kennt ihren Stundenplan ja nicht. Die weiß nicht, daß Jessi heute kein Turnen hat.
Aber Ziska weiß es.

Als sie aus ihrer Haustür kommt, fragt sie sofort, ob Jessi spinnt.
„Wart's ab", sagt Jessi.
Jn der Schule packt sie ihren Turnbeutel aus. Ziska bekommt ganz große Augen vor Bewunderung. Und eine spitze Stimme vor Neid.
„Jch an deiner Stelle würde nicht gleich am Engelsbrunnen fahren", sagt sie. „Erst wenn ich's könnte."
Da kommt ihre Lehrerin Frau Leimbach ins Klassenzimmer, und Jessi packt ihre Roller Skates schnell weg. Aber aufpassen kann sie heute nicht. Sie muß nachdenken. Ziska hat recht, überlegt sie. Jch darf erst zum Brunnen gehen, wenn ich fahren gelernt habe. Sonst blamiere ich mich.
„Jessi, jetzt habe ich dich schon zum dritten Mal gefragt, welche Tiere man im

Frühling in der Stadt sehen kann“, sagt Frau Leimbach.
Jessi fährt hoch. „Tiere? Ach so, ja. Hunde, Katzen ...“
„Die sieht man das ganze Jahr“, sagt Frau Leimbach. „Es geht um den Frühling.“
„Zum Beispiel Große Puppenräuber“, sagt Jessi schnell. „Am Komposthaufen im Park.“
Manuel johlt laut. „Wie sieht er denn aus, dein Puppenräuber? Hat er braune Haare und eine Zahnspange?“
Frau Leimbach wirft Jessi einen seltsamen Blick zu, dann fängt sie an zu erklären: „Der Große Puppenräuber ist ein Käfer. Und die Puppen, die er raubt, sind Schmetterlingspuppen, keine zum Spielen ...“
Jessi hört nicht mehr zu. Jhr ist etwas eingefallen. Eine ideale Rollbahn, auf der

sie üben kann. Jn ihrem eigenen Hinterhof nämlich. Der ist kein richtiger Hof, sondern eigentlich nur die geteerte Zufahrt zu den Garagen. Neben den Garagen stehen drei Müllcontainer. Und hinter den Containern der einzige Baum im Umkreis von zehn Häusern.
Die geteerte Strecke zu den Garagen fällt leicht ab. Jdeal, wenn man ein bißchen Fahrt kriegen will. Jessi kann es kaum erwarten. Jmmer wieder schaut sie aus dem Fenster. Das dunkle Grau wird nicht heller, obwohl es jetzt schon die ganze Zeit regnet.
Ziska stößt Jessi den Ellenbogen in die Seite. „Paß doch auf", zischt sie. Jessi fährt hoch. Vor ihr steht wieder Frau Leimbach und schaut sie an. Aber sie sagt nichts, sie schüttelt nur den Kopf.

Als Jessi aus der Schule kommt, ist Tante Dorothea im Putzrausch. Es riecht nach Seife, Chlor und Spiritus. Besonders im Badezimmer und in der Küche. Jm Kinderzimmer sind die Schränke und Schubladen ausgeräumt. Tante Dorothea legt die Fächer mit Papier aus. Und nach dem Mittagessen sagt sie: „Bücher aufräumen.“ Nach den Büchern ist die Puzzle-Schublade dran. Und dann die Kommode mit den Comics.

„Wie ihr in einem solchen Durcheinander nur leben könnt“, sagt Tante Dorothea verwundert. Jessi wirft Achimbruder einen Blick zu. Der zuckt hilflos mit den Schultern und legt den Finger auf die Lippen. Und Jessi denkt: Ohne dich können wir hier sehr gut leben.

Abends im Bett muß Jessi ein bißchen weinen, weil sie an ihre Eltern denkt.
„Bring dein Kissen mit", sagt Achimbruder.
„Du darfst heute nacht bei mir schlafen."
Am nächsten Tag scheint die Sonne. Jessi springt aus dem Bett und hält ihre Roller Skates hoch.
„Heute ist es soweit", ruft sie.
Achimbruder steht am offenen Fenster und schwenkt sein Käferbuch. „Warte nur, gemeiner Mistkäfer, ich komme!" schreit er laut in Richtung Park.
Unten auf der Straße hebt ein Mann den Kopf und fuchtelt mit der Faust.
„Rotzbengel! Diese Kinder heutzutage!" ruft er wütend.
„Jch habe doch gar nicht Sie gemeint", ruft Achimbruder zurück.
Und Jessi sagt: „Wer sich getroffen fühlt, der quietscht." Der Mann schüttelt den

Kopf und geht weiter. Hinter ihm trabt ein kleiner Hund.
Nach dem Mittagessen zieht Achimbruder mit seinem Käferbuch und zwei Käsebroten zum Park. Zum Käfer Suchen und Bestimmen. „Willst du wirklich nicht mit?“ fragt er noch.
Jessi schüttelt den Kopf. „Viel Spaß!“ sagt sie großmütig.
„Viel Spaß!“ sagt auch Achimbruder. „Und paß auf deine Nase auf.“ Dann ist er weg.

Tante Dorothea geht ins Schlafzimmer. Dort will sie auch aufräumen. Und Jessi poltert die Treppe hinunter zur Hintertür. Mit ihren Roller Skates in der Hand. Zwei Treppenstufen sind es noch bis zur Rollbahn. Neben der untersten Stufe krabbelt ein Käfer. Schwarz und mit dicken Fühlern. Jessi bückt sich und betrachtet ihn. Nein, sie versteht nicht, was Achimbruder an diesen Viechern findet. Trotzdem schiebt sie den Käfer auf ein Stück Papier und bringt ihn in Sicherheit. Jns Gras hinter den Müllcontainern.
Dann, endlich, zieht sie ihre Turnschuhe aus und die Roller Skates an. Sie passen wunderbar. Jessi richtet sich auf.
Jn diesem Moment wird die Hintertür aufgemacht. Frau Knobloch aus dem Parterre kommt heraus. Mit einem

Mülleimer in der Hand. „Hallo, Jessi“, sagt sie mürrisch.
„Guten Tag, Frau Knobloch“, sagt Jessi höflich. „Haben Sie es schon bemerkt? Die Sonne scheint.“
Frau Knobloch geht hinüber zu einem Container, hebt den Deckel hoch, kippt ihren Müll hinein und läßt den Deckel wieder fallen. „Die Sonne ist mir heute piepegal“, knurrt sie. „Jch muß nachher zum Zahnarzt.“
Jessi wartet, bis Frau Knobloch wieder im Haus ist. Sie braucht keine Zuschauer, wenn sie das erste Mal die Bahn hinunterfährt. Was heißt da fährt? Hinuntersaust, hinunterbraust! Ein letzter Blick zum Himmel. Dort fliegt ein Vogel. Jessi macht die Augen zu. Dann macht sie sie wieder auf und stößt sich ab.

Die Rollen rollen und rollen. Jessi schwankt, breitet die Arme aus, fängt sich wieder.

„Wau!" ruft sie begeistert und schwingt elegant die Arme in die Luft. Das hätte sie besser nicht tun sollen. Patsch – sie sitzt auf dem Boden.
Verdattert schaut sie sich um. Jhr Po tut weh. Und ihre Handflächen brennen. Aber sonst ist zum Glück nichts passiert. Es ist noch kein Meister vom Himmel gefallen, denkt Jessi. Alles muß man lernen.
Drüben im Baum fiept etwas. Jessi blinzelt hinauf. Aber es ist nichts zu sehen, nur Blätter. Jessi rappelt sich auf. Die zweite Fahrt klappt viel besser. Wuppiiiiii! Bis zum rechten Container.

Der scheppert laut, weil Jessi nicht mehr bremsen kann. Aber er kippt nicht. Der Container nicht, und Jessi auch nicht. Jm Baum fiept es immer noch. Jessi versucht es noch einmal. Eine dicke Regenwolke schiebt sich vor die Sonne. Beim fünften oder sechsten Mal macht sie das Fiepen nervös. Es hört sich so kläglich an. Jessi schiebt sich an den Mülltonnen vorbei bis unter den Baum. Außer dem grünen Blätterdach ist nichts zu sehen. Jessi geht um den Baum herum. Da – eine Katze. Na ja, Katze ist wohl übertrieben. Ein Kätzchen. Schwarzweiß und winzig hockt es weit oben auf einem Ast, schaut zu ihr herunter und fiept. Ein Katzenbaby, denkt Jessi. Es ist sogar noch zu jung zum Miauen. Ein Winzling. Wie ist das Tier nur so hoch hinaufgekommen?

„Komm, Mizipizi!“ lockt Jessi. „Komm herunter. Komm, Kleines! Du kannst doch nicht da oben sitzen bleiben.“
Doch Mizipizi fiept nur. Es hört sich jetzt noch viel kläglicher und jämmerlicher an.
Jessi rollt sich am Stamm fest und schaut hinauf. Jch muß etwas unternehmen, denkt sie. Jch kann Mizipizi doch nicht einfach da oben verhungern lassen.
Jessi rollt hinüber zur Haustür. Sie hockt sich auf die Treppe und zieht ihre Roller

Skates aus. Die sehen inzwischen nicht mehr so neu aus. Eher staubig. Jessi wischt sie mit ihrem Ärmel sauber.
Mizipizis Fiepen hört sie immer noch ganz deutlich. Jessi schlüpft in ihre Turnschuhe und geht zurück zum Baum.
Mizipizi reißt das Maul auf. Das Fiepen klingt immer jämmerlicher.

Von der Mülltonne aufs Garagendach, denkt Jessi. Und vom Garagendach auf den untersten Ast, das müßte doch gehen.

Das mit dem Garagendach klappt ganz gut. Aber der Ast darüber ist zu hoch. Sogar wenn sie auf den Zehenspitzen steht, kann Jessi sich nicht an ihm festhalten. Und Mizipizi fiept. Eine Leiter, denkt Jessi. Jch brauche eine Leiter.

„Jessi, was machst du da! Komm sofort runter! Auf der Stelle."

Das ist Tante Dorothea. Mist, warum muß sie ausgerechnet jetzt den Mülleimer ausleeren?

„Jm Baum ist eine Katze", sagt Jessi. „Die kann nicht allein runter, ich muß sie retten."

Tante Dorothea leert den Mülleimer in einen Container. „Blödsinn", sagt sie. „Katzen können klettern. Allein, ohne

Hilfe. Los, Jessi! Runter mit dir!“ Sie streckt die Hand aus. „Wird’s bald?“
Jessi hat keine Wahl. Widerwillig rutscht sie vom Garagendach auf den Müllcontainer und von dort zum Boden.
Sie zieht Tante Dorothea zum Baumstamm.
„Schau, dort oben auf dem Ast! So sitzt sie schon den ganzen Nachmittag.“
Tante Dorothea hebt den Kopf. Beide schauen sie hinauf zu Mizipizi. Und Mizipizi schaut zu ihnen herunter.
„Katzen sind eine Plage“, sagt Tante Dorothea. „Sie machen nur Dreck und Ärger.“ Mizipizi fiept herzzerreißend.
„Sie ist klein, und sie hat Angst“, sagt Jessi.
Schweigend schauen sie hinauf.
„Jch mach’s“, sagt Tante Dorothea plötzlich. „Jch bin größer als du. Bei uns im

Dorf gab's früher keinen Baum, auf den ich nicht geklettert bin. Du hättest mich sehen sollen."

Jessi kann sich das nicht vorstellen. Mißtrauisch betrachtet sie Tante Dorotheas cremefarbene Hose. Aber sie sagt lieber nichts. Wenn Tante Dorothea nicht selber daran denkt ...

Tante Dorothea stützt sich mit einer Hand auf Jessis Schulter. Dann steht sie auf dem Container. Der wackelt, aber da ist Tante Dorothea schon auf dem Garagendach. Sie greift mit beiden Händen nach dem Ast und zieht sich hoch.

Donnerwetter, denkt Jessi bewundernd. Schade, daß Achimbruder das nicht gesehen hat.
Tante Dorothea klettert vorsichtig auf den nächsten Ast. Und Jessi steht unten, an den Stamm gedrückt, und schaut zu.
Und dann passiert es! Tante Dorothea rutscht den schrägen Ast hinunter. Bis der Stamm sie bremst. Da sitzt sie nun in der Astgabel und umklammert den Baumstamm. Sie sitzt fest. Das kann Jessi genau erkennen. Sie sitzt so fest wie ein Korken in der Flasche.
„Hast du dir weh getan?" fragt Jessi erschrocken.
„Nein, das nicht", sagt Tante Dorothea und schaut zu Jessi herunter. „Nein, weh getan habe ich mir nicht. Aber ich bin festgeklemmt. Verdammter Mist! Wie komme ich hier bloß wieder raus?"

Über ihr im Baum fiept Mizipizi.
„Vielleicht kommst du an den Ast über dir und kannst dich hochziehen?“ sagt Jessi.

Tante Dorothea streckt die Arme hoch und legt den Kopf in den Nacken. „Nichts zu machen. Siehst du, wieviel fehlt?“
Jessi sieht es. „Und wenn du dich umdrehst und am Ast festhältst?“
„Bin ich ein Schlangenmensch?“ fragt Tante Dorothea. „Oder eine Akrobatin vom Zirkus?“
Jessi grinst. Nein, das ist Tante Dorothea ganz bestimmt nicht.
„Auch noch lachen“, knurrt Tante Dorothea. „Es stimmt schon: Wer den Schaden hat, braucht für den Spott nicht zu sorgen.“
Jessi macht schnell wieder ein bekümmertes Gesicht. „Und nun?“ fragt sie.
„Abregen. Und erst mal in Ruhe nachdenken.“ Tante Dorotheas Stimme klingt grimmig.

Sie denken beide nach. Aber Jessi fällt absolut nichts ein. Tante Dorothea auch nicht.

Vorübergehend scheint die Sonne wieder. Aber in Jessis Kopf wird es nicht heller.
Die Hintertür knarrt. Frau Knobloch kommt heraus. Jm Baum fiept Mizipizi.
„Die Nachbarin vom Parterre“, sagt Jessi halblaut, damit Tante Dorothea weiß, wer es ist. „Soll ich ihr was sagen?“
„Untersteh dich“, zischt Tante Dorothea. „Das hätte mir gerade noch gefehlt! Damit die alte Schachtel auch noch ihren Senf dazugibt.“
Verblüfft hält Jessi den Mund.
„Na, Jessi“, sagt Frau Knobloch so mürrisch wie immer. „Führst du jetzt vielleicht schon Selbstgespräche?“

„Nein, Frau Knobloch. Waren Sie schon beim Zahnarzt?"
Jessi hat heute kein Glück mit ihren Bemerkungen.
„Frag doch nicht so dumm", knurrt Frau Knobloch und wirft die zusammengefalteten Kartons in den Papiercontainer. Den Deckel knallt sie so fest zu, daß Tante Dorothea oben im Baum einen leisen Schrei ausstößt. Dann ist Frau Knobloch wieder verschwunden. Jessi schaut ihr nach und überlegt, warum Mama Frau Knobloch immer verteidigt. Eine arme, einsame Frau, sagt sie oft. Tante Dorothea reißt Jessi aus ihren Gedanken. „Jch habe ja gesagt, daß sie eine alte Schachtel ist."
„So was sagt man nicht", sagt Jessi automatisch. „Sie ist eine arme, einsame Frau. Sagt Mama jedenfalls."

„Auch eine arme, einsame Frau kann ein bißchen freundlicher sein“, findet Tante Dorothea.
Dann denken sie wieder nach. Tante Dorothea stemmt sich mit den Handflächen gegen den Stamm. Aber die Astgabel ist zu spitz. Das Tantenhinterteil bewegt sich keinen Zentimeter nach oben. Jessi schaut hilflos zu. Am liebsten würde sie weinen. Auch Tante Dorothea sieht aus, als würde sie am liebsten weinen.
„Was hast du denn früher gemacht, wenn dir so etwas passiert ist?“ fragt Jessi.
„Früher ist mir so etwas nicht passiert“, sagt Tante Dorothea. „Nur einmal bin ich von einem Kirschbaum nicht runtergekommen, weil die Leiter umgefallen ist. Es war nicht unser Kirschbaum. Er hat dem Lindenbauern gehört.“

Jessi läßt sich am Stamm zu Boden sinken. „Und dann?“ fragt sie. „Was ist dann passiert?“

„Jch mußte warten, bis jemand vorbeigekommen ist.“ Tante Dorothea schweigt. Dann sagt sie. „Es war der Lindenbauer höchstpersönlich. Er hat die Leiter wieder an den Baum gestellt.“

Jessi starrt vor sich hin. „Brave Kinder klauen keine Kirschen“, sagt sie versonnen.

Tante Dorothea ächzt.

„Entschuldige“, sagt Jessi schnell. „Das ist mir nur so rausgerutscht.“

Tante Dorothea gibt keine Antwort. Und Mizipizi fiept leise. Tante Dorothea wird immer schweigsamer. Nur einmal sagt sie. „Alle werden über mich lachen. Sie werden sagen: Warum mußte die alte Kuh auch auf einen Baum steigen?“

Jessi springt auf. „Das sollen sie sich nur trauen! Du bist keine alte Kuh! Und früher hat es keinen Baum gegeben, auf den du nicht klettern konntest. Da hätten sie dich mal sehen sollen."

„Ach, früher ..." seufzt Tante Dorothea.

Und dann fängt es plötzlich an zu regnen. Unter dem Baum merkt man noch nichts vom Regen. Man hört nur, wie die Tropfen auf die Blätter klatschen. Eintönig. Gleichmäßig. Tropf! Tropf! Und Mizipizi fiept kläglich.

„Jessi", sagt Tante Dorothea mit einer ganz leisen Stimme.

Jessi hebt den Kopf. „Ja, Tante Dorothea?"

„Jch glaube, du mußt doch die Feuerwehr rufen."

10

Die Feuerwehr kommt ohne Sirene. Die Nachbarn bekommen es aber doch mit.
Bald stehen Leute im Hof und schauen zu, wie zwei Feuerwehrmänner Tante Dorothea aus dem Baum holen. Und dann eine kleine schwarz-weiße Katze.
Die Katze schaut sich um, macht einen Satz auf den Container, von dort aufs Garagendach und über die Mauer. Weg ist sie.
Schade, denkt Jessi, ich hätte sie gerne behalten.
Jn diesem Augenblick erscheint Achimbruder. Er trägt eine Schuhschachtel. Das Käferbuch hat er sich unter den Arm geklemmt.
„Was ist denn hier los?“ fragt er erstaunt.
„Später, Achim“, sagt Tante Dorothea.

Und dann fragt sie, ob die Feuerwehrleute eine Tasse Kaffee möchten.
„Eigentlich schon“, sagen diese. „Aber wir sind im Dienst. Wir müssen weiter.“
„Haben Sie schon einmal eine Katze aus einem Baum geholt?“ fragt Jessi neugierig.
Die Feuerwehrmänner lachen. „Katzen schon oft. Tanten allerdings ziemlich selten.“
Dann fahren sie weg. Jessi, Achimbruder und Tante Dorothea gehen hinauf in die Küche. Tante Dorothea kocht Kaffee und Tee, und Jessi erzählt Achimbruder die Geschichte von Mizipizis Rettung.
„Wenigstens das hat geklappt“, sagt Tante Dorothea.
Sie sieht auf einmal ganz anders aus. Jhre Haare sind nasse Strähnen, ihre cremefarbene Hose ist dreckig.

Aber ihre Nasenwurzelfalte ist nicht mehr so tief. Und ihre Lippen sind nicht mehr so verkniffen.
Achimbruder nimmt den Deckel von der Schuhschachtel. „Schaut mal, was ich mitgebracht habe“, sagt er.
Jessi beugt sich über den Karton. Sie sieht nur Erde und ein paar Blätter. Achim hebt ein Blatt hoch, und Tante Dorothea stößt einen Schrei aus.
„Ein Rosenkäfer“, sagt Achim. „Ein wunderschönes Exemplar. Du brauchst keine Angst zu haben, Tante Dorothea.
Er ist nur zur Ansicht, weil er nämlich geschützt ist. Jch bringe ihn nachher zurück zum Park.“
„Da habe ich aber Glück gehabt“, sagt Tante Dorothea und seufzt tief. „Mein Bedarf an Tieren ist für heute gedeckt.“
„Und an Kindern?“ fragt Jessi.

„An Kindern?“ Tante Dorothea fährt ihr durch die roten Haare. Dann lacht sie und sagt: „Vielleicht fängt mein Bedarf an Kindern heute erst an.“

Mirjam Pressler, geboren 1940 in Darmstadt, besuchte die Hochschule für Bildende Künste in Frankfurt. Heute lebt sie als freie Schriftstellerin in München und in der Holledau. Für ihren ersten Roman erhielt sie den Oldenburger Jugendbuchpreis. 1994 wurde Mirjam Pressler für ihr Gesamtwerk als Übersetzerin mit dem Sonderpreis des Deutschen Jugendliteraturpreises ausgezeichnet. Jm „Blauen Raben" sind bereits fünf Bücher über „Jessi" sowie „Nora im Kaufhaus" von ihr erschienen.

Gitte Spee, 1950 in Surabaya in Jndonesien geboren, lebt in Amsterdam. Für Ravensburger hat sie, außer den „Jessi"-Büchern, auch die Geschichten über „Rosalinde" illustriert und Umschläge gestaltet.